없는 꿈을 꾸지 않으려고

박주하

시인의 말

누군가의 그늘이 되어 주려던 순간
지나온 계절의 쓸모를 반성하게 되었다

하마터면 저 여린 꽃잎을
무자비하게 사랑할 뻔했고
또 잊을 뻔했다

밀물 드는 가질 수 없는 말들이 많았다

손을 내밀지 않고도
마음이 겹치는 날들을 연습한다

2021년 5월

박주하

없는 꿈을 꾸지 않으려고

차례

1부 고요에 몸을 씻은 새

2부 어디선가 사람이 오고 있다니,

3부 오늘 저 석양은 누구의 기분일까

1부

고요에 몸을 씻은 새

밤 택시

퍼붓는 빗속으로
발목이 전부인 바퀴들이

온 생을 적시며 간다

어쩌랴, 어둡고 질퍽해도
서둘러 가야 할 길인 것을

조용한 사람들

불탄 나무 위로 첫눈이 내리고 있었으니
누군가 오기 전에 먼저 걸어가 본 언덕이었다

태어나는 순간부터 죽음을 알아챈 몸처럼
나무는 첫눈의 감정을 흘림체로 받아쓴다

차가워진 서녘에서
우리는 서로에게
아직 쓰이지 않은 문장

아무리 삼켜도 오지 않을 내일이
읽자마자 잊히는 서문처럼 낡아 간다

내일에 관해 말하는 방식을 잊었고
희망을 기울이는 입술에는 즐거움이 없었으니
먼저 저무는 법을 연습한다

그림자들은 얼굴이 없어도 서로에게 친절하였네

사람의 집

마음은 세상에서 가장 값진 방

그 방 하나를 들이려고 평생 집을 짓는다

그 마음 바닥을 붙잡아 두려고 못질을 한다

누가 불 꺼진 방에서

망가진 마음을 수선하는 소리

구부러진 못들을 어루만지며

집이 늦도록 슬픔을 빼고 있다

없는 꿈을 꾸지 않으려고

작은 새의 발가락이 점점 가늘어진다

적막한 식욕으로 어딘가를 다녀오는 꿈
어딘가를 다녀오는 생각들

서랍 속에는 투명한 망설임으로 가득하다

아주 먼 곳을 꿈꾸는 새를 위하여
투명은 침묵의 푸른빛을 풀어 준다

파도 끝에서 새는 솟아오르고
새는 단 한 번 푸르러진다

투명의 자취를 지운 허공으로

울음밖에 배운 게 없는 텅 빈 마음이
차디찬 입술을 들고 간다

고요에 몸을 씻은 새가
투명한 의자에 투명하게 앉아 있다

자신의 얼굴을 보지 못해서
마음을 만들지 않는 새의 세계,

머무를 까닭을 버린 새는
칠흑의 밤을 날아오른다

발자국을 남기지 않으려고
없는 꿈을 꾸지 않으려고

더 깊이 어두워지는 맨발

마라토너

그가 달리는 것은
죽기 살기로 항문을 조이는 일

완전히 조였다가 풀고 나면
반쯤 열리는 세상

그가 달리는 것은

불안의 경계를 넘어
생각의 전부를 바치는 일

심검心劍

제 몸에 수많은 눈알을 그려 넣은 것을 보니

저 배롱이란 자는 필경 눈 밝은 검객일 것입니다

정갈한 몸짓으로 자세를 낮추면

백 년 푸른 새벽을 내려온 꽃잎이라

한 잎의 눈짓도 천 년 바람이 불러들인 음악

때 없이 번지는 이별이 심장을 적셔도

어디로 가는지 가슴을 문지르며 묻지 마세요

깊이는 바닥을 모를 때 아름답습니다

티끌 하나에 모여든 길도 모두 꿈을 품었으니

멀어지는 일들은 그대로 두세요

칼날은 칼등에 기대어 자라납니다

걷는 나비

　오래전부터 이곳으로 떠내려온 것은 모두 전설이 되었다 떠내려가는 것은 이제 나약한 낱말에 불과하다 이 골목의 성향은 달의 체온에서 비롯되었다 달에서 내려온 나비들의 숙소로 구성되었다 애초에 떠날 이유를 버린 나비들은 날지 않고 걷는다 풍향계를 세워 두고 겪어 온 인생만큼 바람을 만지고 해석한다 나는 날개를 떼어 낸 내 극도의 통점이 어디였는지 뒤돌아본다 진실은 아마도 그곳에서 멈추었을 것이다 멈추면서 더는 자라지 않았을 것이다 새벽 두 시, 달의 명령을 끌어안고 나비는 파도처럼 몸을 한번 뒤척인다

칼날에 마음이 베일 때

오래전 지하철 순환선에서
칼갈이를 팔던 남자를 본 적이 있다

뒤집개를 들고 서서
바이올린을 켜듯 칼 가는 시늉을 하던

칼을 들고 다니면 안 되니까
칼갈이의 성능을 보여 줄 수가 없어요

아무도 귀 기울이지 않던 그곳에서
귀보다 먼저 가슴에 꽂힌 목소리를

한 번도 잊고
두 번도 잊었는데
칼을 쥘 적마다 떠오른다

홀로 답이 되는 날이면
손이 아니라 마음이 먼저

칼갈이를 찾는다

죽은 몸을 붙잡고 우는 사람

잠자리 한 마리가
자신이 빠져나온 육탈을 붙잡고 들여다본다

젖은 몸을 털고 날아올라야 할 것인데
왜 날개를 펼치지 못하는 걸까

슬픈 육체를 버리려고
긴 어둠과 침묵을 빠져나왔으니

친구여, 희망의 깊은 눈을 믿고
시들해진 고요를 치대어
어서 한번 날아 보시게

망초꽃 만발한 완벽한 계절에 함께 가자고
여름 오후가 바람 한 줄 넣어서 전갈을 보낸다

지나가는 여자

　지나가는 여자의 넓은 스커트 자락을 바라보다가 문득 산기슭이 떠올랐다 갑자기 그녀의 내부에 들고 싶었다 격렬하게 나를 밀어 넣고 싶었다 귀를 기울이면 그녀의 푸른 내부에서 부드럽고 청량한 물소리가 날 거 같았다 그 물소리에 코를 박고 하세월 흐르고 싶었다 나뭇가지와 담벼락과 빌딩 창문에 말할 수 없는 말들이 팡팡 터졌다 차창과 보도블럭과 상점에 걸린 가방들, 살랑거리는 바람과 햇볕 위에 온통 그 말을 옮겨 적고 싶었다 지나가는 낯선 그녀를 사랑했다 믿기 어렵지만 단숨에 사랑하고 이별하는 일이 1분으로도 충분했다 지나간 그녀를 생각하며 종일 거리에 밀려다니는 바람이 되었던 그날, 문득 내가 철 지난 붉은 열매여서 좋았다 그녀는 나에 대한 기억이 없을 테니 영원히 나를 버리지 않는 사람, 풀잎처럼 몸을 낮추며 그녀를 경배했다 어머니가 그리웠다

빗방울들

더 멀리 가 봅시다
가장 멀리 가는 길을 알고 있는 것처럼
멀리 가는 것 말고는 아무것도 모르는 것처럼
각자 자기소개는 하지 맙시다
완벽한 하나의 사건처럼
순식간에 불거졌다가 사라집시다
시간이란 슬픈 눈망울을 버리고
흘러내리는 것은 목숨을 만져 보는 일
전생에서도 잊지 못한 미소를 생각하며
최대한 멀리 뛰어내려 봅시다
서로의 어깨를 부축하지도 말고
젖을수록 단단해지는 돌멩이처럼
이 밤을 훌쩍 넘어갑시다
거짓말을 들은 기색 없이
서로의 눈물만 들고 바닥으로 달아납시다
바닥은 힘이 없으니 장렬하게 무너집시다
불빛이 비에 젖어 번지는
저 길바닥의 무늬 속으로

추신

아무도 모르게
조금씩 붉어진 앵두 같은 일

시다 달다 말도 못 하고
핏방울 맺힌 혀끝으로만 굴리다가

밤길에 홀로 선
빨간 우체통에 얼굴을 들이밀고

남몰래 중얼거렸지
사랑한다, 너만 알고 있어라

허공은 나무가 꾸는 꿈

몇 해 전엔 숲속에서 둥지를 틀고 살았다 어느 아침
일어나 보니 온몸 가득 울긋불긋 꽃이 피었다 벌레들
이 밤새 몸을 파먹은 거 같았다 불면의 지천마다 진물
이 흘렀다

날지 못하면 벌레에 가까운 생을 사는구나
바닥에 가까워지자 몸이 먼저 미천해졌다 나방들
이 떼를 지어 몸에 달라붙었다 밤새 온갖 벌레들에게
몸뚱어리를 들볶이느라 사지가 뒤틀리고 가려웠다

벌레들의 세상에서 벌레들이 먹다 남은 밥 신세가
되자 가문 언덕의 나무 생각이 자꾸 아른거렸다 한 그
루 나무의 일생으로 살게 될 거란 오래전 어느 예언도
떠올랐다

가지마다 잎을 틔우느라 저 나무들은 얼마나 목숨
이 가렵고 아팠을까 자신의 육체로부터 달아나려다가
잎들을 놓친 나무가 고요를 붙잡고 내려앉는다 오직

허공 하나를 꿈꾸며 꽃을 피운 게 나무의 죄가 되었나

　그 숲에서 나는 터진 나무껍질 사이로 새어 나오던
나무의 울음소리를 들었다

언젠가 왔었던 바닥

꽃잎을 주워 보려고 봄날이 서성거린다

흘린 생 다시 찾을 일 없다고 여겼으나

복사꽃 그늘 밑을 들춰 보고 나서야

언젠가 왔었던 바닥이란 걸 알겠네

느릿느릿 끝나지 않는 환생을 기웃거리며

자꾸만 옷을 갈아입는 봄들

겨우 옷만 갈아입는 영혼으로

모자란 기억들이 재생된다

흰 개 두 마리가 엎드려

구름의 예상도를 펼쳐 보는 봄날

세상을 창조하기 전에

신은 어떻게 시간을 보냈을까

2부

어디선가 사람이 오고 있다니,

저녁의 후회

꽃을 사랑한다면
끔찍한 마음은 그 꽃 밑에 누워야 할 일
그러나 이미 살구꽃 핀
저녁들을 후회하던 참,
골목마다 헐값으로 꿈을 밀어 넣고 나자
모든 것이 사소하고 충분했으며
비에 젖을수록 맨발이 딱딱해진다
위로는 습관이기에
슬그머니 손을 놓고 돌아서지만
물 깊어 건너지 못하는 다리는
결코 당신의 불운이 아니다
마음을 다쳐 몸 안에 갇혔으니
입 벌린 고요에서는 죽음의 냄새가 난다
캄캄하고 작아진 마음들이 밀려드는 저녁
어둠을 핑계 삼아 질기게 불안을 껴안으니
불행을 너무 쉽게 불태우고 난 기분,
소리 없이 혼자 뜨거워진 심장을 버리고
흰 새가 떠나간다

두부를 먹으며

곧은 마음이 아무리 강직해도
배를 열기 전에는 속내를 알 수 없고

뱃속을 열어도
천 길 만 길 떠돌던
바람의 뜻은 더 헤아리기 어려워라

외로움과 누추하게 마주 앉을 때
두부만큼 부드럽게
목구멍을 넘어가던 게 또 있었던가

이렇게 맑아지려고 더 강해지는 길을
이렇게 사려 깊어지려고
흰 정성 한 톨 품어내는 끈기를
한 알의 콩은 알고 있었으니

고독은 부디
저 가을볕에 몸 썩는

단단한 콩알만큼만 여물어라

줄에 관한 생각

거문고에 줄이 없었다면
누가 줄을 퉁겨 심연을 건드려 보았을까

어미가 줄을 놓아 주었으니
새끼도 그 줄을 타고 지상에 발을 들였겠지

탯줄을 감고 노래 부르고
탯줄을 타고 춤을 추고
한 올 한 올
서로를 퉁겨 주는 믿음으로 즐거웠으나

약속에 매달리고
관계에 매달리며

그 줄 점점 얇아지고 가늘어졌으니
돌아갈 길이 멀고도 아득하여라

몸으로 엮었던 줄을 마음이 지워 버렸네

서로에게 낡고 희미해져
먼지처럼 가늘어진 사람들

요양원의 투명한 링거 줄에 매달려 있네
잃어버린 첫 줄을 생각하네

우산을 기다리는 일

    허공을 뚫고 날아가는 새 떼를 봅니다 여기는 폭풍우 속, 등대처럼 서서 우산을 기다립니다 우중에 죽변 바다를 끼고 어디론가 가는 사람의 뒷모습이 우산을 들고 온다는 말만큼 경이롭습니다 어디선가 사람이 오고 있다니, 새를 따라가진 못했으나 우산을 기다리는 일은 즐겁습니다 내 삶에 우산을 들고 나타난 사람은 없었으니까요 나는 언제나 우산을 돌려주는 사람, 바람의 소식은 묻지 마세요 오늘의 소식은 더디게 흘러갈 것입니다 당신의 어깨를 바라보며 나는 때때로 새처럼 날고 싶었습니다 누가 당신의 이름을 부릅니다 비를 맞으며 마음을 이어 붙이며 낯선 당신의 뒷모습을 이해합니다 풀잎처럼, 새 떼처럼, 파도처럼, 앞에서 부르면 뒤에서 답하는 날입니다 수없이 부르면 수없이 답합니다 한 번도 잊은 적 없이 우리는 함께 날아갑니다

잎 먼저 틔운, 꽃 먼저 피운,

납골당 마당에서 긴급하게 가족회의가 열렸다 부친의 유골은 2층에 봉안되었는데 자식의 뼛가루를 3층에 올리는 것은 불효라고 주장하는 유족들, 울타리를 넘어간 영혼의 행적은 묘연한데 고인의 뼛가루가 남아서 여전히 남은 식솔들을 통섭한다 납골당의 원칙을 내미는 관리인들과 생을 졸한 순서를 따지며 핏대를 세우는 유족들의 대치가 팽팽하다 오래된 벚나무들이 인간의 별난 절차를 경청하며 잎 먼저 틔운 삶과 꽃 먼저 피운, 저들의 생을 배심한다 생사의 위계질서가 설왕설래하는 마당에 산벚의 꽃잎들이 하얗게 흐드러지고 겹친다 죽음이란 어쩌면 지는 저 꽃잎처럼 가볍고, 아름답고, 무정한 일 멀리 간 사람은 입을 잃었으니 지나가는 바람의 목이나 한번 죄어 볼 뿐, 꺾이지 않는 가족이란 말이 가죽처럼 질기다 고인의 여정이 끝나도 끝난 게 아니어서 마지못해 불멸을 생각한다

몰歿

숲은 나비의 운세를 접었다 춘몽과 길몽 사이를 오가며 한가로이 춤을 출 것이란 말, 온 들에 꽃이 만발하였으니 그 향기를 탐낼 것이란 말, 그런 것은 아무래도 미래에 닿지 않는다 다만 오늘의 힘겨운 숨을 몰아 묵시默示의 수렁에 흘려 넣는다 심호흡을 물방울에 적셔 후박나무 잎새에도 적어 둔다 햇빛을 쫓아 자리를 가려 앉는 나비의 잔등이 반짝인다 저렇게 여리고 아름다운 등짝을 가진 자는 삶이 아니겠구나 그것은 삶이 되기 이전의 문법 일생을 등만 보이며 목숨을 일군 이를 생각한다 미래를 가진 적이 없으며 미래를 원한 적도 없는 사람, 미래를 원하지 않았으므로 더 깊은 미래에 있는 것 같은 그림자에선 향기가 났다 결코 뒤를 돌아보지 않는 삶의 겨드랑이에서 풍기는 몰歿의 내음 가뭇가뭇 흔들리는 그 숨결을 더듬다가 붉은 꽃잎처럼 문드러진 전생이 있다 찢어진 날개를 접는 나비에게 당신은 누구의 상처냐고 물었을 때 그는 말했다 나는 언어들이 지나가는 몸, 벌레들이 꾸는 꿈 숲은 최초의 감정으로 나비를 받아 안는다 더 어둡고 더 먼 곳

을 바라보는 나비의 눈빛 속에서 바람이 분다 몰의 틈
이 격하게 벌어진다

우리들의 세계사

  당신은 그녀를 보고 있지 않네요 하지만 그녀는 당신을 원하죠 불가능한 생각들 때문에 무릎이 아프죠 죽을힘을 다해 당신을 향해 날고 있어요 날개를 한번 접을 때마다, 날개를 한번 펼칠 때마다 갈망의 퍼즐은 더욱 완고해져요 완벽하게 불안하고 불행하죠 그녀는 오직 당신을 향한 불나방, 아직 그녀의 말이 들리지 않나요 그래요, 그럴 거예요 당신은 여전히 다른 하늘을 꿈꾸기 때문이죠 설마 그녀의 날갯짓이 절망을 향한 비상일까요 죽음을 위해 당신이란 불구덩이를 원했을까요 아니, 당신만큼 빛나는 생을 살고 싶은 거죠 환하디환한 당신의 빛을 사랑하였으므로 오직 당신에게 가는 거죠 위험한 당신의 세계를 향해 그녀가 끊임없이 영원을 묻고 있네요 그러나 당신은 그녀의 말을 듣지 않고 난 당신에게서 그녀를 듣죠 질주하고 타오르는 그녀의 망각들이 바로 우리들의 세계사예요 어제도 그랬듯 내일도 당신은 그녀를 돌아보지 않겠죠 당신으로부터 자유로워질 때까지 그녀는 의심 없이 전진하겠죠 당신이란 빛을 통과하면 더 깊은 어둠이 온

다는 걸 발설할 순 없어요 당신은 보이지 않는 세계
를 놓지 못하고 그녀 또한 자신의 바퀴를 돌이킬 수
없을 테니, 멈출 수 없는 욕망들과 우리는 언제나 전
쟁 중이죠

당신은 돌을 던지시오

　나의 뒷덜미에 묻어 둔 울음이 두근거리오 날이 흐리고 다소 쓸쓸해지면 북쪽으로 날아가려 하오 돌아오지 못하는 길이어도 괜찮소 당신의 근심을 모르는 척하며 끊임없이 희망에 사로잡혔던 나를 용서하시오 매 순간을 당신이 건넨 생이라 여기며 절벽을 날고 있소 나는 당신이 던진 돌이지만 그저 최선을 다하면 새가 되지 않을까 생각하오 늘 어딘가로 떠나려던 당신의 열망을 훔쳐 구름 속에 숨겨 두었소 검은 점이 얼룩덜룩한 창문 틈에, 목련 잎사귀와 다락방 여름 촛농 아래에, 비 내리는 철길에서 겨울 들판까지 당신의 흰 발들을 보이는 족족 감추었소 끼워도 놓고 꿰매도 놓고 파묻어 두기도 했소 열어도 보고 닫아도 보고 울어도 봤소 당신은 언제부턴가 사라진 발들을 찾지 않았지만 나는 당신의 끊어진 길을 모두 기억하오 피가 솟구치던 청춘의 근심들은 훗날 몸을 데우는 안부의 말이 되었소 목숨의 뒷덜미를 만질 때마다 슬픔이 짚이는 증세를 말할 수는 없었소 감출 것이 많아서 홀로 헤매었던 생을 반성하오 허공에 흔들리며 기댈 것 없이 숨을 쉬던 쓸쓸한 저녁, 바람이 귀밑을 스칠 때 물컹, 쓰디쓴 마음을 움켜쥐고서야 그리움이란 걸 알았소 이젠 더는 불 꺼진 창 안에서 나를 생각하지 마시오 나는 당신의 그리움을 배우러 가는 것이오 당신의 온갖 싹들을 틀어막은 나의 어리고 깊은 밤을 용서받으러 가는 길이오 날아가는 동안 불멸은 야위고 나는 어쩌면 나를 잃어버릴지도 모르겠소 그러나 당신은 계속 돌을 던지시오 당신이 던진 돌은 언젠가 새가 될 것이오

불가피한 저녁

변심의 기미를 읽고 울컥 몸이 상해 버렸지
절반의 슬픔과 절반의 광기가
입던 옷을 팽개치듯 시절을 걷어치웠어
너덜해진 마음 한 잎 챙겨 들고 서쪽으로 달렸지

묻지 못한 말들이 많았지만 묻지 않았지
타는 바퀴 냄새를 맡으며 마침내 진입하는 그곳에서
내비게이션의 긴박한 경고음이 들렸지

-도로가 좁아지는 구간입니다
어둠의 지형으로 들어섰으니 마음을
-주의하세요
고독에 소스라치게 놀라겠지만 삶이란 본래
-사고 다발 지역입니다
준비 없이 마음을 비워야 하는 구간은 계속될 테니

-규정 속도로 운전하세요
불행을 만나고 불행을 버리지 않으면

불가피한 저녁은 반복되는 것
닳아 버린 인연을 의심하지 말라고
영혼 없는 기계가 맹렬하게 나를 다그쳤지

칠점사
—무심무석無心無石

그는 칠점사에 물려 몇 달 기억을 잃었고 기억을 되
찾았으니
저녁 한번 먹자고 했다

같이 가자, 같이 가자 서로 손목 움켜잡던 날들
가을 산빛에 녹아 사라졌다고 했다

일곱 걸음을 둘러싼 그의 번민은 실핏줄에 섞여 헝
클어지고
기억들도 함께 길을 놓았겠지만

나도 언젠가 누군가에게 독을 품었던 사람이어서

그 독을 해독하느라 푸른 심장을 놓치기도 하여서

저 어딘가에서 홀로 부대끼는
온갖 목숨의 떨림이 밥술 위에 아른거렸다

거리에 떨어져 뒹구는 은행나무의 노란 열매들
오래 공들인 유언처럼 짙고 뜨거웠다

고요가 가는 길

늦은 저녁을 먹고 그릇을 씻던 중인데 누가 무심코 부엌 등을 끄고 들어갔다 나직이 흐르는 수돗물에서 손을 빼지 못하고 돌연 어둠 속으로 미끄러졌는데 문득 사물의 경계가 모호해지고 귀에는 물소리조차 들리지 않았다

고요만이 나를 감싸는 그 순간을, 어제도 오늘도 아닌 부드러운 어떤 찰나의 시간을 무엇이라고 불러야 하나

오래전부터 흘러온 듯한 온유하고 완전한 그 유속을 가리켜 핏줄의 부드러운 기별이라 불러도 될까 오해는 언어의 일, 말없이 눈을 감고 그릇을 씻는데 누가 가만히 나의 두 손을 감싸 쥔다

엄마의 손이, 엄마의 엄마의 엄마들이 어둠 속에서 차례로 나와 수저와 밥그릇을 헹군다 달그락달그락, 물소리를 따라와서 내 손을 어루만지며 손가락에 부

드러운 안부를 보낸다

　어쩌다가 이렇게 깊은 곳에 들어섰을까 떠내려온
엄마에게 나는 이제 외롭지 않아요, 말을 하니 죽은 사
람들의 감정을 만지고서야 삶을 알아챈다 살아 있다
는 것은 감촉을 함께 나누는 일이란 것을

꽃잎 위에서 자란 바람에게

오늘은 또 어떤 마음으로 울어야 하는지 알 수가 없습니다

너는 장미의 심장을 찢는 법부터 배웠구나

어제의 얼룩을 지우지도 못했는데 오늘 주고받은 수치심들이 어둠에 물들어 갑니다

우리가 배운 가혹한 말들은 심장에서 나왔으나 돌아가는 길을 모릅니다

돌아가도 붉은 꽃을 피울 여유는 없겠지만 하나의 마음을 깊이 알지 못한 죄는 상한 여름밤을 지나갑니다

거리는 이미 낡아 버렸고 도처에 자신을 끌고 가는 발소리들이 낯설어지는 이곳

한없는 마음의 겹이 타올랐던 것인데 왜 우리는 늘

서로 다른 말을 듣는 걸까요

　　당신의 날들은 후회하지 않으려고 돌아갔지만

　　기억은 처음으로 돌아와 매번 같은 자리를 맴돕니다

　　앞으로 열 걸음, 뒤로 열 걸음 매일 십자가가 열리는
여름밤

　　오직 십자가만 보이는 창가에서 가지런히 슬픔을 포
개고 갱생 중입니다

멀리서 오는 生

사무치게 걸었다
파묻히지 않으려고
길들은 여전히 정처 없고

미련은 악착같이 밤을 쌓아 놓았다
어떻게 그 많은 생각을 품고 살았을까
꼬깃꼬깃 접힌 낯선 마음들이
모두 나의 것이라니
생이 점점 무거워진다

봄바람을 쪼개어
다시 이곳에 온다면 그때는
아주 작은 풀꽃으로 피어야지
길가 어느 모퉁이에서
머리를 꼿꼿이 치켜들고

부끄럼도 없이 그대를 기다려야지
그때는 마음이 아니라

눈을 맞추는 것만으로도 아름다워야지
단 한 번 다정한 눈빛만으로도 행복해야지

눈물을 마시는 나비

아마존의 어떤 나비는
거북이의 눈물을 빨아 먹는다지
그 눈물을 모았다가 암컷에게 선물한다지
가장 사랑하는 이에게 주는 짠맛
너에게 준 짠맛은 소문이 되었지
소문을 헹구다가
안개의 옆구리에 매달려 울었지
뼈아프게 살고 싶어졌지
염분을 만들지 못하는 나비가 되기로 했지
산에 가면 산새
물에 가면 물새가 되기로 했지
가장 사랑하는 이에게는
아무것도 주지 않기로 마음먹었지

3부

오늘 저 석양은 누구의 기분일까

오늘의 석양

저 해는 매일
서산을 넘는 연습을 했던 모양이다

어릴 적 엄마를 기다릴 때는
걸음이 느리더니
이젠 미끄러지는 공처럼 빠르게 넘어간다

눈 깜박하는 사이에 또 해를 놓쳤다

붉디붉은 눈으로 어두워지는
오늘 저 석양은 누구의 기분일까

지나간 진심을 사랑하지 않았다

나무와 나무 사이에서 잠시 얼비치는 햇살 한 줌이 오래된 기억을 열었다 닫는다 그것은 짧고도 무거운 것, 깨어지고도 깨어진 줄 모르는 환상통 같은

덤불과 덤불 사이로 미처 알아채지 못했던 마음이 본래부터 거기 숨어 있었다는 듯 두 눈을 반짝이며 걸어 나온다 망가진 기억이 마른침을 삼키고 오직 자신만이 진심이라며 뜨거운 입김을 불며 다가온다

지나간 진심들이 자꾸 무언가를 적어 보낸다 앞만 보고 걷는데 오늘의 진심이 자꾸 넘어진다

겨우내 눌어붙은 마음에 날개가 붙는 아, 지긋지긋한 진심들, 돌아서면 또 그만일 진심을 버리고 봄날의 오해를 택하는 건 아주 쉬운 일, 오해였다고 말할 시간은 오지 않을 테니 진심은 부디 사려 깊은 곳에서 견뎌라

진심의 입에서 냄새가 난다 순간의 일들이 뼈를 태
우는 냄새, 그것은 오래전의 내가 지금의 나에게 보내
는 고통의 냄새, 기억이 열렸다 닫히는 곳으로 지난날
의 내가 자꾸 거짓말을 보내온다 나는 지나간 진심들
을 단 한 번도 사랑하지 않았다

심장보다 높은 곳에

오른쪽 손가락을 깊이 베여
동네 병원에 갔다
바람의 방향이 불길하다 말하니
의사가 손가락을 꿰매면서 말했다

손을 심장보다 높은 곳에 두세요

난로에 왼쪽 손바닥을 데어서
다시 병원에 갔다

물집 속에서
나를 후려치던 험한 말들이
잔뜩 고여 농을 치는데
의사가 붕대를 감으며 말했다

손을 심장보다 높은 곳에 두세요

국수물이 가슴팍에 쏟아져

살껍질이 꽃잎처럼 나달거렸다
후회가 붉게 열렸다

더는 병원에 가지 않았다
심장보다 높은 곳에 손이 닿지 않았다

심장보다 높은 곳에 얹어 둘
그리움도 보이지 않았다

완연完緣

  얼굴에 붕대를 감은 불상 앞에서 살며시 이마를 낮추는 꽃잎을 보았습니다
  점안을 기다리는 부처를 향해 절을 올리는 꽃잎의 발그레한 귀 언저리를 본 듯도 합니다

  법당 앞을 서성이던 바람 한 줄기가 꽃잎의 손을 붙잡고 길을 나서니
  저 바람은 어느 먼 곳에서 돌아온 소식일까요

  아슬아슬 언덕을 내려가는 꽃잎의 뒷모습을 바라보는 배롱나무
  제 몸을 떠나간 인연들과 나눈 소회가 마당 가득 붉게 번졌습니다

  배롱꽃의 이별은 배롱나무가 태어나기 전부터 시작된 일
  오래전에 싹이 트고 자라 온 인연이 간신히 뜻을 이루고 생의 거처를 옮겨 가는 일

우연히 강이나 한번 보자고 바람을 따라나선 건 아
닐 겁니다

세상이 허락하지 않는 모든 그리움도 태어나기 전
부터 조각된 작디작은 꽃잎 같은 일
바람이 불 때마다 이리저리 몸을 뒤척였으니 어쩌
면 꽃보다 못한 마음이겠으나

그것은 이별이 아니라
헤아릴 수 없는 시간에서 시작된 인연을 마침내 완
성하는 것이라고

미련이 바닥에 내려와 닿기까지 마음은 끝끝내 생
각을 세워 둡니다

웃는 사람

당신은 역경이 많은 사람입니다
말도 없이 자꾸만 웃는 사람입니다

당신은 오는 것은 오게 두고
가는 것은 가게 둡니다

당신의 입안으로 구름이 흘러 다닙니다
내장 속에 흘러든 구름마저도 환해집니다

당신의 이야기는 발견되지 않을 것이므로
영영 끝나지 않는 사람입니다

당신은 삶을 한 번도 떠나지 않았으나
우리는 여태 한 번도 만난 적이 없습니다

불 좀 켜 주세요

불이 꺼졌네, 불이 꺼졌어
누가 내 얼굴을 들여다보고 말한다

찻집 문이 열렸다 닫히는 사이
석양이 안으로 들어서다가
문을 쾅, 닫고 나간다

불이 꺼진 것은
더운 숨을 잃어버린 일

창 속에서 움텄던 붉은 울음을 놓쳐 버린 일

창에 걸린 낡은 풍경도 나와 같은 생각이란 듯
뎅그렁, 힘없이 한번 울어 준다

저기요!
저물어 버린 얼굴에
누가 불 좀 켜 주세요

입장

니가 거기서 그러면 내 입장이 뭐가 되냐!

지나가는 A가 B에게 소리를 지른다
불 꺼진 방에서 눈을 감고
두 사람의 목소리에 귀를 기울인다

오늘 낮엔 나도 명랑하게 죽어 가는 법을 말하려다가
비겁한 웃음을 치장했지

용기를 내야 할 때 침묵했던 나의 방관은
추문이나 음담패설보다 못한 일이어서

가로수 너머에 서 있던 다른 생각은
늘 배신의 계절에 닿아서
나는 매번 용서를 얻지 못했지

B가 A에게 그만 마음을 비우고
술이나 한잔 더 하잔다

가로수의 목덜미를 밀어내고
조용히 창문을 닫는다

그렇다, 집으로 돌아가는 길에서는 누구나
서로의 지나간 말들을 이겨낼 힘이 없다

어떤 당부

잘 보내 주세요

저 그림자는

언젠가 내 등 뒤에서

나를 위해 울어 준 사람이에요

뜻밖의 말

그것은 부족한 말이었다

가볍고 가벼워서 잡아 둘 수 없는 말이었다

가둬지지도 않는 말
눈먼 잠꼬대처럼 쏟아져서

어느 추운 새벽에
마음의 속살을 비집고 들던 말

간절했으나 질서가 없고
허공을 맴돌다가 문득

불탄 지붕 위에 내려앉는
악어의 첫눈 같은 말

촛농처럼 녹다가
촛농처럼 굳어 버린

백 년 여관

백 년 닳은 문턱에
노란 은행잎 한 장이 내려와 묻는다
잘 지내니?
별빛 돋았던 흔적도 낭랑하게 첨부한
뒷심 깊은 안부를 받으니
침묵에도 한계가 온다
우연을 꺾고 싶은 결심마저 도진다
하지만 어긋난 폐허를 더듬어서 어쩌겠는가
잘 지내지는 못했으나 이젠
무엇이 그리 잘 사는 것인지 답할 일도 아니어서
그저 간절히 묵었던 무덤 같은 방에 들어
백 년 전에 넘어진 구름의 까닭이나 탐한다
늦가을을 풀어
더는 익지 않는 모과 한 알의 사정을
창에 어리는 물방울에 찍어 벽에 기록하는 것이
솔직한 나의 전부,
다만 침묵의 충만함을 뭉쳐서
백 년 후에 다시 찾아들 그림자를

무심히 닦아 허공에 걸어 둘 뿐

물방울의 벽

본문이 견딜 만하다면
비극은 비극인 채로 내버려 두세요
물을 얻으려면 집을 버려야 하고
집을 버리면 익사해 버리는 게 내 운명이니까요
난 물방울로 뭉쳐낸 절벽
희망은 마음속에서만 완성하는 집이죠
다른 세계를 꿈꾸는 순간
반드시 미아가 되어 버리고 마는
나는 지상의 편견, 극단의 봉두난발
바닥으로 추락하는 핏기 없는 여행이
언제 끝나게 될지 알고 있으므로
끝이 보이는 미래를 자주 생각했으므로
걸음이 한없이 느려지곤 해요
아무리 느려도 과거는 절대 갖지 말아야
발 없는 생각들이 무상에 드는 순서를
제대로 이해하는 거겠죠
세상에 없는 나를 향해
세상에 없는 시간을 꾸역꾸역 게워 나가는

한 방울의 욕망이
안개의 신념이랍니다
목을 축일 시간은 결코 오지 않을 거예요
그래서 난 당신의 사랑이죠
당신의 영원한 고독인 거죠

세상에서 가장 먼 곳

빗줄기가 제 몸을 겹치며 웁니다

무너지고 비틀거리는 빗소리

겹쳐진 몸 위에서 서로를 설득하거나

다신 오지 마, 그런 위안의 말도 없습니다

새의 방향을 알지 못해 저곳의 소식은 영영 어둡습
니다

가슴을 더듬으면 심장이 달아납니다

심장을 붙잡으면 머리가 떨어집니다

생이 피었다가 지는 그날까지

우리는 서로에게 약간의 기적이기를 바랍니다

세상에서 가장 먼 곳은

내 몸이 주저앉은 자리입니다

밝은 곳으로 자꾸 몸이 간다

산불이 휩쓸고 간 자리에서
몸을 웅크린 채 죽은
새를 보았습니다

까맣게 그을려 죽은
어미 새의 몸을 비집고 나오는
어린 새를 보았습니다

죽은 어미를 밀어내고
온 힘을 다해 걸음을 떼는
목숨 한 채를 보았습니다

4부

우리는 이제 더는 머물 곳이 없네

돌이 되는 세계

마, 인자는 이렇게 버섯이나 따고
산나물이나 뜯으며 사는 것이제
뭐 다른 것이 있겠소

앞집 할머니는 흥얼흥얼 노래를 부르며
산을 오르는데 맥없이 뒤따라가던 뒷집 할머니
눈물을 글썽이며 중얼거린다

저 할마시는 영감 여읜 지가 오래돼야
마음이 차돌이 되었는디
나는 영감 보낸 지 삼 년밖에 안 돼야
아직도 차돌이 되지 못했네

악몽

더 아프라고
더 깊어지라고

잠든 나를 열고
단단히 못 박고 가는 당신

내 꿈을 물들인 폐허가
당신이어서 좋다

눈사람

추억도 없이
꿈도 없이

앞만 보며 달리다가
온몸이 씨가 되어 버리는 나날

타인에게 기댈 용기가 없어서
귀 막고 손을 감추었으니

당신은 바람의 입술로
상실의 나라를 헤매는 사람

간직하는 법을 몰라서
매일 다른 눈과
다른 귀를 찾아 떠나야 하는

우리는 이제 더는 머물 곳이 없네

지난밤 다른 심장

문밖에서 당신은 내 이름을 불렀다
반가운 마음에 문을 밀치고 나간 것인데
깊은 웅덩이를 파 놓고
다정한 목소리로
같이 눕자 말했다
같이 가자 말했다
곁에 누워서 가만히 생각하니
당신은 문득 이쪽의 사람이 아니었다
나와 다른 기척에 놀라
몸을 좀 뒤척인 것뿐인데
잠이 깨고
그렇게 우리는 아주 헤어지고 말았다
이른 아침에 밥술을 뜨다가
당신의 부음을 들었다

당신의 영혼을 주세요

꽃잎이 지기도 전에 사라질 얼굴이
어째서 절박하다는 듯 쏟아졌나요

낮잠처럼 당신을 만났죠
왜 하필 나였는가, 묻지 않았어요

일말의 낙관도 없이
낙관의 도면을 쥐고 달렸죠

릴레이가 죽을 듯이 위태로워도
바람의 냄새는 늘 달콤했어요

저곳으로 다른 얼굴을 만들기 위해
당신은 다급히 사라졌겠지요

어쨌든 나는 이곳에 와서
이번엔 제법 사람의 모양을 그리고 있지만

언제나 당신의 마음이 그리워요
아버지,

신은 먼 곳으로 갔다

혼자 뛰는 심장은 늘 자신을 속입니다
삶이 그대를 속인다면
속아 주세요, 완전하게
갈 데까지 가 버린 저 별똥별도
지난여름엔 홀로 아팠다잖아요
깊은 곳으로 내려간 혀들이
향기를 품을 때까지
내장 속에서 언 밥을 녹이세요
눈을 씻고
침침해지는 생각을 챙겨 들고
다른 심장으로 옮겨 가세요
자신을 속이는 심장에 울지 말고
차라리 타인의 심장을 택하세요
오늘 잿빛의 늑골 아래에
당신의 손을 묻었습니다

죽은 나무 아래에서

떡갈나무가 벼락에게
온몸을 내던지며

몸이 성하지 않으니
마음이라도 받아 달라고 한다

바람이 멈추었는데 덧문이 떨려 온다

통증을 껴안고
젖은 소매를 물고 잠이 들었다

죽은 나무 아래에서 꿈을 꾸었다

오월의 사람에게
— 노무현

못다 한 말 품고
한 번만 다녀가세요
비가 오지 않아도
비가 너무 많이 내려도
꼭 한 번만 다녀가세요
할 말이 많아서 오는 동안 홀연 잊었다면
그냥 눈발이 이마를 적시듯 오세요
강물이 바다로 가는 것을 포기하지 않는다기에
바다로 가는 길목에서 당신을 기다렸습니다
당신이란 희망을 붙잡고
좀 더 멀리 가고 싶었습니다
좀 더 멀리 보고 싶었습니다
당신의 투박하고도 깊은 미소
당신의 뜨거운 심장을 놓치고 한없이 울었으니
오월의 사람이여
그리운 이름이여
손톱만 한 흔적으로 한 번만 다녀가세요
꽃이 피는 봄날이 아니어도

꿈속으로
꿈속의 흉터라도 되어서

새가 날아간 후

저 나무 겨드랑이에서
다투며 피었던 꽃들
모두 날아간 뒤
나무는 혼자 무슨 생각을 하나

어깨가 휘도록 무성했던
잎 지고 난 뒤
이리로 오라던
간절한 손짓 내려놓고
나무는 날마다 무슨 생각을 하나

재잘거리던 씨앗들
박수를 치며 웃던 잎사귀들
다 떠나보낸 뒤
비우고 비운 마음속에는
또 무엇이 들어오나

말하지 않아도 굳은 다짐이 있었나

아무도 모르게 번진 약속들이 있었나

서쪽 하늘이 붉게 타오르자
누군가는 지구의 끝이라 말하고

가지 끝에 앉았다 날아오르는 새는
그것을 시작이라 말한다

가을비가 내리는 동안

비가 내리자 잔이 차오른다 잔을 비우면 다시 비가 내렸다 술잔을 풍등처럼 쥐었다 쥐었다가 놓고 놓았다가 쥐는 술잔이 입술과 소원을 주고받았다

이 술잔이 기력을 다하면 가을비가 그칠까 누가 앞에 없는데도 혼자 중얼거리는 가을비, 비가 넘치는 소원을 받아먹더니 폭풍처럼 울었다

가을비가 내리는 동안 내가 알고 있던 영원들은 모두 뒷걸음질 치며 달아났다 녹아내린 말들을 찾아 젖은 손을 닦고 소원을 헤어 보는 밤, 해도 그만, 안 해도 그만인 말들이 밤새도록 창을 넘나든다 중얼중얼 빗소리, 이 물색없는 영혼은 대체 어느 전생의 내가 보낸 사람이란 말인가

옛날 사람

담쟁이가 깨알 같은 편지를 쓴다

담벼락에 붙어서 악착스럽게

그대를 놓지 않으려고 쓴다

쓰다가 붉어진 얼굴로

쓰면서 야위어 가는 손가락으로

못다 적은 말들은 바람이 들고 간다

훔친 연서를 품고 가을은 또 어디로 가나

심심한 날

감나무 한 그루가 유일한 재산인
가난한 옛집 마당에

장대를 들고 고개를 갸웃거리던 아이는
이제 죽은 남자가 되었지

바람이 불어와 아이는 어른이 되었고
바람에 흔들리며 때로 눈물을 닦았겠지

지나간 기척들은 이제 더 이상 자라지 않고

마당 끝 어딘가에 묻어 두었을 차가운 하루를
내색 없이 생각하다가

아무도 살지 않는 집터에서
머리만 보이는 사진을 찍었다

바람이 불거나

눈발이 날리거나
나뭇잎이 흔들리면
내가 간 줄 알라던 숱한 인사들

몸이 없어 전하려던
나중의 안부라는 걸 알겠다

사랑한다 사랑한다

얼룩처럼 번지는 어스름을 붙잡고
그리운 얼굴들이 가득 들어서는 마당

감나무는 알되 감은 모르는 일

우리는 안녕이란 인사도 없이
—COVID-19

헤어지는 줄도 모르고
우리는 헤어진다, 서로를 애도할 시간도 없이
비닐 커튼에 가려진 아버지를 바라보며
멀찍이 바라보는 비겁한 자식들이 되어야 하고
병실 창 너머로 안아 달라 팔을 뻗는 어린 자식에게
등을 보이는 냉정한 아빠가 되어야 한다
감염된 부모로부터 최대한 달아나야 하고
감염된 자식을 격리시키며 울어야 한다
입을 틀어막으며 견뎌야 하는 슬픔을
우리는 이토록 깊이 배운 적이 없었다
전쟁처럼 서로를 의심하며 이동 경로를 자백하고
전쟁보다 더 냉정하게 서로를 밀어내야 한다
서로에게서 더 멀어지고 더 외로워지고
그렇게 달아나면서도 슬픔은 내밀하게 접어서
두려움을 갖고 안으로 들어서는 법을
목구멍을 타고 흐르는 애타는 마음을
허공으로 보내 주는 삶의 방식을 발명해야 한다
사랑이 넘치고 관대했으며 모험심이 가득했다던 할

아버지

크림감자와 튀긴 옥수수 요리를 누구보다도 잘해냈
다던 할머니

이제 그들은 이 지상에 존재하지 않는다

신문마다 부고가 넘치고

거리에는 산 자와 죽은 자들이 뒤섞인다

임종도 없이 장례도 없이 사라져 가는

사랑하는 이들이 서로를 안아 줄 마지막 순간은 오
지 않는다

기도할 시간조차 주지 않는다

어떤 전염병보다 빠르고 무자비하게 세계를 덮친

보이지 않는 괴물에 휘감겨

우리는 안녕이란 인사도 없이 멀어진다

헤어지는 줄도 모르고 헤어진다

칼갈이와 거문고를 품은 마음

이경호(문학평론가)

1. 칼갈이만 들고 다닌 내력

여기 한 손에는 '칼갈이'를 그리고 다른 한 손에는 '거문고'를 들고 다니는 시인이 있다. 그 모습은 한 손에는 칼 그리고 다른 손에는 코란을 들고 다니는 이슬람 교도를 연상시킨다. 사실은 칼갈이보다 칼을 들고 다니고픈 마음이었는데 그럴 수가 없었기에 연상 효과는 더욱 높아진다. 칼갈이만 들고 다닌 내력은 다음과 같다.

　　오래전 지하철 순환선에서
　　칼갈이를 팔던 남자를 본 적이 있다

　　뒤집개를 들고 서서
　　바이올린을 켜듯 칼 가는 시늉을 하던

　　칼을 들고 다니면 안 되니까
　　칼갈이의 성능을 보여 줄 수가 없어요

아무도 귀 기울이지 않던 그곳에서
귀보다 먼저 가슴에 꽂힌 목소리를

한 번도 잊고
두 번도 잊었는데
칼을 쥘 적마다 떠오른다

홀로 답이 되는 날이면
손이 아니라 마음이 먼저
칼갈이를 찾는다

　　　　　　　　　　　　—「칼날에 마음이 베일 때」 전문

　지하철에서 칼갈이를 팔던 남자가 외치던 금기 사
항인 "칼을 들고 다니면 안 되니까"라는 말이 "귀보다
먼저 가슴에 꽂"힌 까닭은 칼갈이로 날카롭게 갈아야
만 하는 칼날의 용도 때문이다. 그 용도는 혼자 있는
날이면 자신의 마음을 들여다보고 예리한 칼날에 베
여 버린 마음의 상처를 확인해야 하리라는 강박증에
서 비롯되었을 것이다.

2. 항아리의 상처와 광채와 신성한 핏자국

마음의 상처를 확인하려는 강박증은 오래전에 펴 낸 전 시집 『숨은 연못』에서도 여러 차례 절실하게 표 현된 바가 있다. 그 강박증이 13년 후에도 사라지지 않았던 것이다.

> 항아리 속에서 자꾸 광채가 났다
> 들여다보면 속내는 캄캄하여
> 아무것도 보이지 않았으나
> 깊이를 알 수 없으니
> 바닥 또한 가늠할 수가 없었다
>
> 손을 넣고 휘젓자
> 여기저기에서 뭉클한 신음이 터졌다
> 만져진 것은 없으나
> 손가락에서 신성한 핏자국이 묻어났다
> ─「눈빛」 부분(『숨은 연못』, 세계사, 2008)

"항아리"란 두말할 나위도 없이 마음을 가리킨다. 그것은 "숨은 연못"이라는 시집 제목에서도 암시된다. 문제는 '항아리 속'의 상태가 어둡고 상처로 가득하다는 점이다. 더 큰 문제는 상처의 "바닥 또한 가늠할 수가 없"으며 상처의 실체도 "만져진 것"이 없다는 사실이다. 이러한 오리무중의 지경에서 시적 화자가 택한 대처 방안은 마음의 상처를 확인하고 집요하게 파헤쳐 보는 것이다. 아마도 그 일을 수행하기 위하여 칼날을 벼리는 칼갈이가 필요했으리라. 그런데 과연 칼갈이의 용도가 그것뿐이었을까? 마음의 바닥 모를 상처를 헤집고 만져지지 않는 상처의 실체를 찾아내려는 의지만이 마음을 들여다보게 만드는 강박증을 초래했을까?

박주하 시인이 마음을 "숨은 연못"이라고 표현했을 때 마음을 수식하는 '숨은'이라는 낱말 속에는 상처만큼이나 쉽게 드러나지 않는 마음의 다른 속성도 도사리고 있는 듯하다. 그런 속성을 암시해 주는 단서가 "항아리 속에서 자꾸 광채가 났다"와 "손가락에서 신성한 핏자국이 묻어났다"라는 시행 속에 제시되어 있다. 마음의 상처에서 솟아나는 '광채'와 '신성한 핏자국'은 상처 속에 도사리고 있으면서도 상처를 치유하는 역할을 감당할 수가 있을 법하다. 광채나 신성한 핏자국은 종교적 분위기를 내포하는 낱말인데, 그런 분위기 때문에 한 손에 코란을 들고 있는 이슬람 신도의 마음가짐이 헤아려질 수도 있다.

3. 거문고와 가야금

그렇다면 박주하의 이번 시집에 등장하는 중요한
상징체인 '거문고'는 마음의 상처를 치유하는 코란의
역할을 어떻게 감당할 수가 있을까?

> 거문고에 줄이 없었다면
> 누가 줄을 튕겨 심연을 건드려 보았을까
>
> 어미가 줄을 놓아 주었으니
> 새끼도 그 줄을 타고 지상에 발을 들였겠지
>
> 탯줄을 감고 노래 부르고
> 탯줄을 타고 춤을 추고
> 한 올 한 올
> 서로를 튕겨 주는 믿음으로 즐거웠으나
>
> (중략)
>
> 몸으로 엮었던 줄을 마음이 지워 버렸네
> 서로에게 낡고 희미해져
> 먼지처럼 가늘어진 사람들

요양원의 투명한 링거 줄에 매달려 있네

잃어버린 첫 줄을 생각하네

—「줄에 관한 생각」 부분

　마음의 상처를 치유하는 거문고의 역할은 거문고
줄을 '탯줄'로 바꾸어놓는 상상력에서 비롯된다. 그런
상상력이 작동할 수 있는 기반으로 거문고 줄이 마음
의 "심연을 건드려 보"는 소리효과를 간직하고 있다
는 사실부터 주목해보아야만 한다. 줄이 많고 손가락
으로 튕겨내는 가야금과 줄이 적고 "술대"라고 불리
는 대나무 막대기로 튕기는 거문고의 소리 효과는 크
게 대조적이다. 가야금은 상대적으로 음역이 높고 가
벼운 소리 효과를 내는 데 반하여 거문고는 가야금에
비해 음역이 낮고 소리가 무겁고 깊은 울림을 만들어
낸다. 이런 소리 효과라면 '마음의 심연'을 포착하는
느낌을 안겨줄 수 있을 것이다. 그리고 이런 소리 효과
라야만 생의 근본을 뒤적이는 느낌마저도 불러일으킬
수가 있을 것이다. 거문고 줄이 탯줄을 소환하는 상상
력의 효과는 이로 말미암은 것이다. 그뿐만 아니라 탯
줄을 통하여 시적 화자의 정체성이 환기되는 효과도
생겨난다. 그 정체성은 어머니에게서 딸에게로 이어지
는 여성성의 계보에서 비롯된다.

4. 탯줄과 링거 줄

시적 화자는 여성성의 계보를 상징하는 탯줄이 간직한 생명력이 고갈되거나 훼손된 현실을 "요양원의 투명한 링거 줄"에서 찾아내고 있다. 그러니까 거문고 줄의 '원형'은 탯줄이며 거문고 줄의 '현재형'은 링거 줄인 셈이다. 시적 화자는 지금 상처 입은 마음 병동에 갇혀서 "고요"와 "어둠"과 "불안"과 "불행"의 수액을 링거 줄로 받아 내는 현실 속에 처해 있는 셈이다.

> 마음을 다쳐 몸 안에 갇혔으니
> 입 벌린 고요에서는 죽음의 냄새가 난다
> 캄캄하고 작아진 마음들이 밀려드는 저녁
> 어둠을 핑계 삼아 질기게 불안을 껴안으니
> 불행을 너무 쉽게 불태우고 난 기분,
> 소리 없이 혼자 뜨거워진 심정을 버리고
> 흰 새가 떠나간다
>
> ―「저녁의 후회」 부분

링거 줄에 의지하며 간신히 연명하는 시적 화자의 생은 "흰 새"가 환기하는 죽음의 분위기에 압도되어 있는 것처럼 보이기까지 한다. 하지만 탯줄의 생명력에 대한 기억이, 가족과 여성성의 계보를 되새기는 마음가짐이 고립과 죽음의 요소였던 고요를 삶의 요소이자 '연대連帶'의 요소로 변화시키는 놀라운 마법을 발휘해 낸다.

5. 수돗물 소리와 여성성의 계보

늦은 저녁을 먹고 그릇을 씻던 중인데 누가 무심코 부엌 등을 끄고 들어갔다 나직이 흐르는 수돗물에서 손을 빼지 못하고 돌연 어둠 속으로 미끄러졌는데 문득 사물의 경계가 모호해지고 귀에는 물소리조차 들리지 않았다

고요만이 나를 감싸는 그 순간을, 어제도 오늘도 아닌 부드러운 어떤 찰나의 시간을 무엇이라고 불러야 하나

오래전부터 흘러온 듯한 온유하고 완전한 그 유속을 가리켜 핏줄의 부드러운 기별이라 불러도 될까 오해는 언어의 일, 말없이 눈을 감고 그릇을 씻는데 누가 가만히 나의 두 손을 감싸 쥔다

엄마의 손이, 엄마의 엄마의 엄마들이 어둠 속에서
차례로 나와 수저와 밥그릇을 헹군다 달그락달그락, 물
소리를 따라와서 내 손을 어루만지며 손가락에 부드러
운 안부를 보낸다

　　　　　　　　　　　　　　　　—「고요가 가는 길」부분

　『없는 꿈을 꾸지 않으려고』에 수록된 시편들 중에
서 가장 뛰어나면서 절실한 감동을 안겨 주는 작품으
로 평가해도 마땅할 이 시편에서 "그릇을 씻"는 시적
화자의 행동은 여성성을 복원하고 엄마를 비롯한 여
성들이 연대하며 마련해내는 '탯줄'의 생명력을 일구
어낸다. 그릇을 씻거나 헹구다가 불현듯 맞이한 고요
의 시간은 거문고를 연주하다가 마음의 심연에서 찾
아낸 보석 상자와도 같은 빛나는 울림을 안겨 주는 것
이다. 그 보석 상자를 찾아낸 최초의 계기가 "돌연 어
둠 속으로 미끄러"지는 상황 속에서 마련되었다는 사
실도 주목할 필요가 있다. '어둠' 속에서 '고요'가 마련
되는데, 어둠과 고요란 본래 마음의 심연 속에 자리
잡은 상처를 확인하고 고통스러워하는 공간의 분위기
였기 때문이다. 그렇다면 '항아리'나 '동굴'을 들여다
보듯이 마음속 '숨은 연못'을 들여다보며 칼에 베인 상
처를 확인해야만 하는 강박증에 사로잡히던 시적 화

자를 치유하고 구원해 주는 존재는 무엇일까?

그 존재는 바로 "핏줄의 부드러운 기별"로 제시되어 있다. 그것은 애당초 개수대에서 "나직이 흐르는 수돗물"이 환기해 준 것일 수도 있다. 어둡고 고요한 공간의 분위기 속에서 그릇을 씻을 때 두 손을 어루만지듯 흐르는 수돗물 소리가 "오래전부터 흘러온 듯한 온유하고 완전한 그 유속"의 느낌을 안겨 줄 때, 시적 화자는 그 느낌을 "핏줄의 부드러운 기별"로 받아들여 본다. 그 느낌이 깊은 상심으로 '링거 줄'에 의존하던 환자의 생을 어머니의 완전한 사랑과 이어지는 '탯줄'의 세상 속으로 이동시켜 주는 기적을 연출해낸 것이리라.

상심에 젖었던 시적 화자의 내면을 치유의 과정으로 이끌어내는 움직임이 "두 손을 감싸"쥐는 동작이라는 사실도 주목할 필요가 있다. 그 동작이 포용에서 연대로 이어지는 여성성의 계보와 역할을 제시해 놓고 있기 때문이다. "엄마의 손이, 엄마의 엄마의 엄마들이 어둠 속에서 차례로 나와 수저와 밥그릇을 헹군다 달그락달그락, 물소리를 따라와서 내 손을 어루만지며 손가락에 부드러운 안부를 보"내는 행동은 눈물겹도록 절실한 감동을 안겨 준다. 이런 치유의 과정을 마주할 때에야 앞에 인용된 작품에서 "항아리 속에서 광채가 났다"는 표현이나 "신성한 핏자국"이라는 표현도 마

음의 상처와 더불어 존재하는 치유의 가능성을 암시
해 주는 단서들이었다는 사실을 깨달을 수가 있다.

  그런데 마지막 연에 제시되어 있는 깨달음은 더욱
예사롭지 않아서 주목할 필요가 있다.

> 어쩌다가 이렇게 깊은 곳에 들어섰을까 떠내려온 엄
> 마에게 나는 이제 외롭지 않아요, 말을 하니 죽은 사람
> 들의 감정을 만지고서야 삶을 알아챘다 살아 있다는 것
> 은 감촉을 함께 나누는 일이란 것을
>
> —「고요가 가는 길」부분

  "떠내려온 엄마"라는 표현은 수돗물 소리를 따라
저승에서 이승으로 떠나온 모친을 만나는 상황을 암
시해 주고 있는데, 그 만남은 "감정을 만지고서야 삶
을 알아"채는 비밀을 가르쳐 준다. 그리고 감정을 만지
는 행위가 "감촉을 함께 나누는 일"이라는 깨달음도
안겨 준다. 탯줄을 매개로 체험할 수 있는 여성의 정
체성과 여성성의 연대라고 하는 것은 타자의 감정이
나 감촉을 확인하고 교감하는 행위를 통해서 이루어
진다는 사실이 밝혀지고 있는 것이다.

6. 감정과 감촉의 교감 행위

　박주하의 이번 시집이 여성의 정체성과 여성성의
연대를 구축하는 시적 공감을 튼실하게 마련하는 데
큰 도움을 제공한 것도 바로 이러한 감정과 감촉의 교
감 행위였다.

　　　외로움과 누추하게 마주 앉을 때
　　　두부만큼 부드럽게
　　　목구멍을 넘어가던 게 또 있었던가

　　　이렇게 묽어지려고 더 강해지는 길을
　　　이렇게 사려 깊어지려고
　　　흰 정성 한 톨 품어내는 끈기를
　　　한 알의 콩은 알고 있었으니
　　　　　　　　　　　　　　—「두부를 먹으며」 부분

　지나가는 여자의 넓은 스커트 자락을 바라보다가 문
득 산기슭이 떠올랐다 갑자기 그녀의 내부에 들고 싶었
다 격렬하게 나를 밀어 넣고 싶었다 귀를 기울이면 그녀
의 푸른 내부에서 부드럽고 청량한 물소리가 날 거 같
았다 그 물소리에 코를 박고 하세월 흐르고 싶었다
　　　　　　　　　　　　　　　　—「지나가는 여자」 부분

"외로움"이라는 감정이 "두부"의 부드러운 감촉을 통해서 "묽어지려고 더 강해지는 길을/이렇게 사려 깊어지려고/흰 정성 한 톨 품어내는 끈기"라는 삶의 이치를 찾아내게 만드는 일상의 과정은 자연스럽게 여성의 정체성과 역할을 환기해 준다. 그런가 하면 "지나가는 여자의 넓은 스커트 자락"에 대한 교감은 마치 "산기슭"에 안기듯 "그녀의 내부에 들고 싶었다"는 여성성의 연대 의지를 촉발해낸다. 더구나 그러한 연대 의지가 "청량한 물소리"라는 생명력의 순환으로 이어지고 있다는 사실도 주목해야만 한다. 물소리가 환기하는 생명력의 순환이 삶의 고통을 적극적으로 수용하면서 극복해내는 삶의 자세를 기약하고 있기 때문이다.

> 퍼붓는 빗속으로
> 발목이 전부인 바퀴들이
>
> 온 생을 적시며 간다
>
> —「밤 택시」부분

> 산불이 휩쓸고 간 자리에서
> 몸을 웅크린 채 죽은

새를 보았습니다

까맣게 그을려 죽은
어미 새의 몸을 비집고 나오는
어린 새를 보았습니다

죽은 어미를 밀어내고
온 힘을 다해 걸음을 떼는
목숨 한 채를 보았습니다
　　　　　　　—「밝은 곳으로 자꾸 몸이 간다」 전문

　"퍼붓는 빗속으로/발목이 전부인 바퀴"의 모양은
삶의 고통과 상처를 온몸으로 감당해내는 여성의 운
명을 환기해 준다. 그러한 운명은 "까맣게 그을려 죽
은/어미 새"의 모습으로 확인될 수도 있다. 하지만 '거
문고 줄'을 튕겨내듯이 '탯줄'의 힘으로 어미 새의 생명
력은 "어미 새의 몸을 비집고 나오는/어린 새"의 생명
력을 일깨워낸다. 그것은 "탯줄을 감고 노래 부르고/
탯줄을 타고 춤을 추고/한 올 한 올/서로를 튕겨 주
는"(「줄에 관한 생각」) 생명력의 순환이며 연대이기도
하다.

7. 칼갈이와 거문고의 교차 효과

시인 박주하의 일상은 "나무와 나무 사이에서 잠시 얼비치는 햇살 한 줌이 오래된 기억을 열었다 닫"(「지나간 진심을 사랑하지 않았다」)듯이 매일매일 칼갈이로 칼날을 벼리면서 마음의 깊은 자리에 베어진 상처를 확인하는 순간을 맞이하였다. 하지만 그러한 상처의 자리를 비집고 "덤불과 덤불 사이로 미처 알아채지 못했던 마음이 본래부터 거기 숨어 있었다는 듯 두 눈을 반짝이며 걸어 나"(같은 시)오는 깨달음을 거문고 소리로 즐기는 순간을 누리기도 하였다. 두 순간은 항시 교차되면서 서로를 자극하고 밀어내면서 박주하의 일상을 발효의 과정 속으로 밀어 넣고 시적 상상력을 절실하게 일구어내는 역할을 감당해 왔다. 그러한 발효의 과정에서 농익게 숙성된 또 다른 시의 화주火酒를 음미할 수 있기를 기대해 본다.

없는 꿈을 꾸지 않으려고

2021년 5월 9일 1판 1쇄 펴냄

지은이　　　박주하

펴낸이　　　김성규

책임편집　　김은경 조혜주

디자인　　　김동선

펴낸곳　　　걷는사람

주소　　　　서울 마포구 월드컵로16길 51 서교자이빌 304호

전화　　　　02 323 2602

팩스　　　　02 323 2603

등록　　　　2016년 11월 18일 제25100-2016-000083호

ISBN　979-11-91262-36-0 04810

ISBN　979-11-89128-01-2 (세트)

* 이 책 내용의 전부 또는 일부를 재사용하려면 반드시 지은이와 출판사의 동의를 얻어야 합니다.
* 잘못된 책은 교환해 드립니다.